THE FIRST
THOUSAND
WORDS
IN FRENCH

With Easy Pronunciation Guide

Heather Amery and Katherine Folliot
Illustrated by Stephen Cartwright

Pronunciation Guide by Anne Becker

A la maison

la baignoire

le savon

le robinet

les bulles
de savon

la brosse
à dents

l'eau

la serviette

l'éponge

la douche

le dentifrice

le lavabo

les toilettes

la bibliothèque

la table

4   la radio

le radiateur

la laine   le papier peint

la pendule

le tapis

le coussin

le tourne-disques

la lampe

le lit

la commode

la brosse

l'oreiller

l'armoire

la descente de lit

les tableaux

l'édredon

les vêtements

le peigne

le miroir

le drap

les escaliers

l'araignée

les porte-manteaux

la mouche

la toile d'araignée

le journal

le téléphone

les lettres

a chaise

5

La cuisine

le frigidaire

les verres

la pendule

les cuillères

le tablier

l'interrupteur

les casseroles

les soucoupes

le fer à repasser

la bouilloire

la serpillière

6 l'aspirateur

l'évier

les fourchettes

la porte

le chiffon

le tabouret

les couteaux

la cir

la cuisinière

les carreaux

le tiroir

les ordures

la poêle

la machine à laver

la pelle

les assiettes

la planche à repasser

le paquet de lessive

la brosse

le placard

la table

l'ampoule électrique

les tasses

les petites cuillères

les allumettes

la clé

le balai

les bols

7

Dans le jardin

la brouette

la ruche

l'escargot

les briques

la poubelle

la chenille

la pelle

la fourmi

l'oiseau

la gouttière

l'échelle

les graines

8 l'appentis

les fleurs

le ver de terre

l'arroseuse à jet tournant

l'os

la haie

la truelle

la tondeuse

le chemin

l'arbre

la fourche

les feuilles

le balai

le tuyau d'arrosage

la binette

la fumée

l'abeille

le râteau

la voiture d'enfant

la guêpe

l'herbe

les plantes

le feu de joie

le nid

les bâtons

la serre

9

L'atelier

le papier de verre

le vilebrequin

les boulons

les punaises

la scie

la sciure

le marteau

la lime

la boîte à outils

le tourne-vis

la planche

les pots de peinture

les copeaux

le canif

10

le tonneau

la hache

les écrous

le mètre

les vis

l'échelle

les clous

l'étau

le bois

l'établi

les pots

le bois

le rabot

11

La rue

le garage

l'ambulance

la bicyclette

le trou

le café

le trottoir

le magasin

les feux rouges

la cheminée

le camion

les clous

les marches

12 le monsieur

l'hôtel

la voiture de police

le rouleau compresseur

la perceuse

l'école

le terrain de jeux

les appartement

la statue

l'autobus

le taxi

la remorque

les tuyaux

le toit

le marché

l'usine

l'antenne de télévision

la camionnette

l'agent de police

la voiture de pompiers

la maison

le bull-dozer   l'église   le cinéma   la voiture   la moto   le chauffeur   le réverbère   la dame

13

Le magasin de jouets

le piano

les cartes à jouer

la maison de poupée

le pipeau

le robot

l'harmonica

les billes

le canon

l'appareil de photo

les perles

le sifflet

la fusée

les dés

les poupées

les astronautes

le cheval à bascule

la grue

le rouleau compresseur

les cubes

les raquettes

la guitare

la trousse à outils

14

la canne à pêche

la boîte de peintures

la pâte à modeler

le parachute

la machine à ecrire

le bateau à voile

la cible

le tank

les soldats de plomb

le fort

la tirelire

rain électrique

les marionnettes

les tambours

les ballons

la voiture de course

les masques

la trompette

l'arc et les flèches

le fusil

le sous-marin

Le jardin public

le ballon

la ficelle

le sable

le pique-nique

le cerf-volant

la glace

le chien

les balançoires

la barrière

le chemin

les têtards

le toboggan

la grenouille

le buisson

les patins à roulettes

les enfants

la trottinette

16

les cygnes

le bébé

la terre

la clôture

la poussette

les pigeons

la balançoire

les fleurs

la flaque

les canetons

la corde à sauter

le bateau

la platebande

le banc

le lac

la laisse

les canards

les arbres

17

Au zoo

le panda

la chauve-souris

le pingouin

l'hippopotame

la patte

le kangourou

l'aile

l'aigle

les plumes

l'autruche

le loup

le petit singe

le pélican

la girafe

le gorille

l'ours

le castor

le lion

les lionceaux

le crocodile

18

les bois

le cerf

le chameau

le phoque

l'ours blanc

les singes

la trompe

l'éléphant

le zèbre

la queue

le buffle

le rhinocéros

le requin

les chèvres

le dauphin

le léopard

la baleine

le tigre

19

les rails

le chef de train

la locomotive

les tampons

le wagon-restaurant

les wagons

le mécanicien

le train de marchandises

le quai

les feux de signalisation

le contrôleur des billets

les valises

les phares

La gare

Le garage

le bidon à huile

le moteur

les accus

le camion-citerne

20

L'aérodrome

l'hôtesse
de l'air

l'hélicoptère

la piste
d'atterrissage

l'avion

la tour
de contrôle

le pilote

le lave-voiture

le coffre

la pompe à air

roue   la clef   le pneu   le capot   la voiture de dépannage   l'huile   la pompe
à essence   21

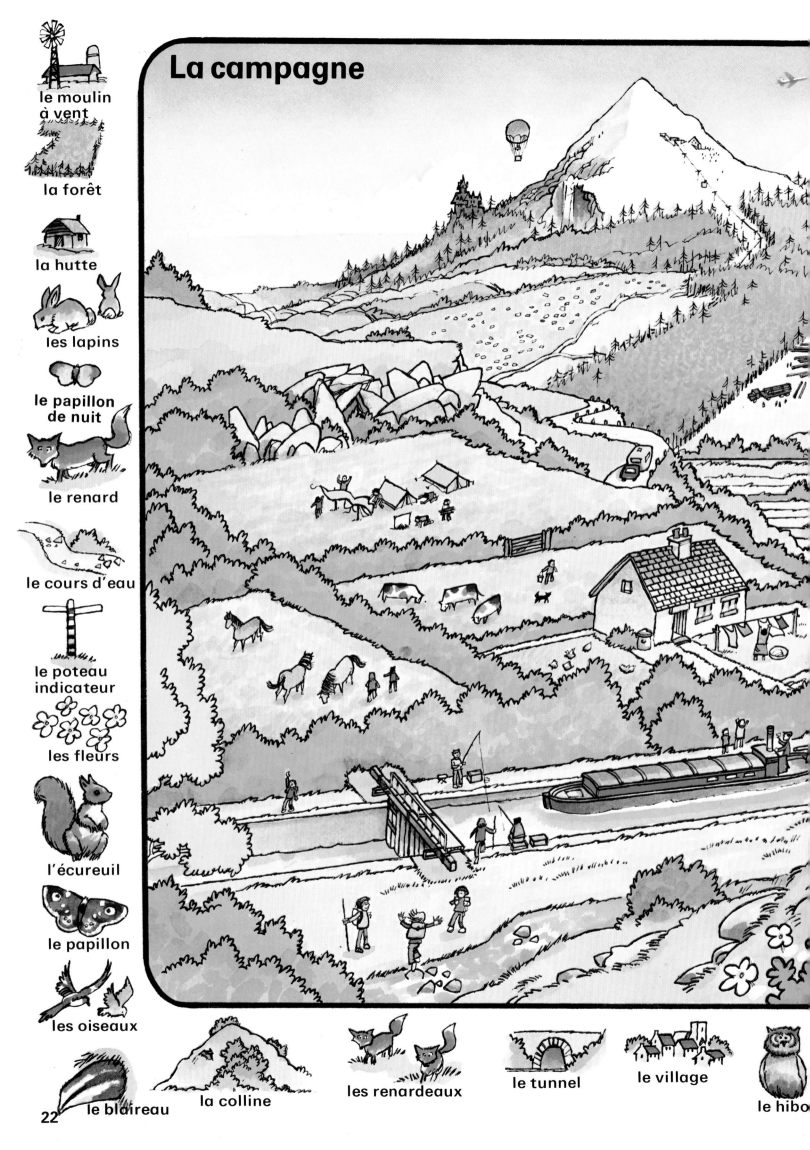

La campagne

le moulin à vent

la forêt

la hutte

les lapins

le papillon de nuit

le renard

le cours d'eau

le poteau indicateur

les fleurs

l'écureuil

le papillon

les oiseaux

le blaireau

la colline

les renardeaux

le tunnel

le village

le hibou

22

le ballon

la roulotte

les rondins

les tentes

la route

le pont

la péniche

la cascade

la montagne

les pierres

la taupe

cluse

le pêcheur

les rochers

le canal

le train

la rivière

23

La ferme

la mare

les moutons

la meule de foin

les canards

la remorque

les agneaux

la palissade

le grenier

la porcherie

le taureau

la boue

les porcelets

la grange

l'écurie

le fermier

la charrette

le poney

le tracteur

la selle

les oies

les ballots de paille

les sacs de blé

24

le camion

le verger

le poulailler

l'étable

la vache

les canetons

le coq

le veau

la charrue

le chien de berger

le berger

les dindons

l'épouvantail

la ferme

les poules

les cochons

les poussins

le cheval

les oisons

le champ

le foin

le blé

25

Le bord de la mer

le bateau à voile

la mer

la rame

le phare

la pelle

le seau

l'étoile de mer

le château de sable

la mouette

le drapeau

le crabe

le marin

le chapeau de paille

la bouée

l'île

le port

le transat

le hors-bord

le ski nautique

les vagues

le coquillage

la falaise

le navire

le canoë

les galets

le ballon

les rochers

les palmes

les algues

le filet

la pagaie

le bateau
de pêche

le parasol

l'âne

le pétrolier

la barque

le maillot
de bain

la corde

A l'école

l'aquarium

le badge

le plafond

les crayons

les garcons

le calendrier

le mur

la corbeille à papier

les ciseaux

4+2 =
3-2 =

les opérations

la règle

le pupitre

les photographies

la boîte de peintures

le papier

les pinceaux

la cloche

a b c d e f g
h i j k l m n o
p q r s t u v
w x y z

l'alphabet

les boîtes

les livres

28

a b c d e f g
h i j k l m n o
p q r s t u v
w x y z

l'image

les porte-plumes

la craie

le chevalet

le plancher

les plantes

les filles

la mappemonde

la colle

la poignée

le carnet

les punaises

e dessin

la carte

les crayons de couleur

la lampe

le tableau noir

le store

la gomme

l'institutrice

29

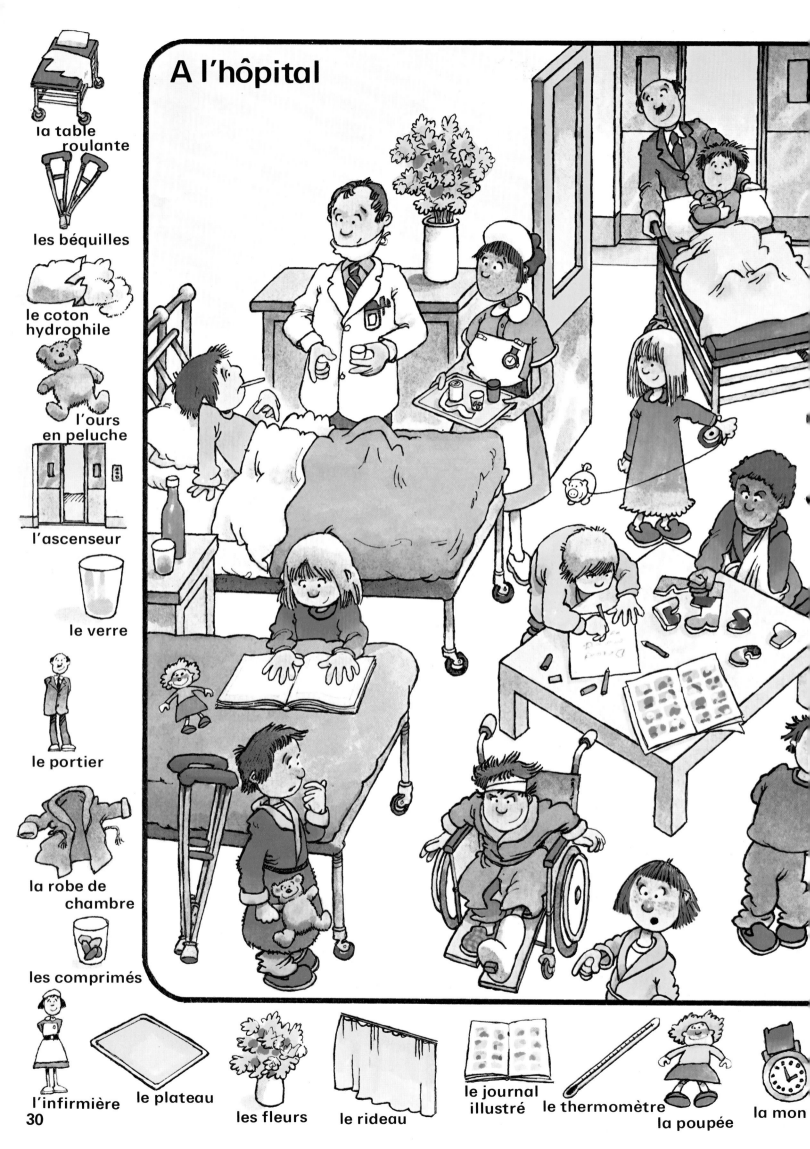

A l'hôpital

la table
roulante

les béquilles

le coton
hydrophile

l'ours
en peluche

l'ascenseur

le verre

le portier

la robe de
chambre

les comprimés

l'infirmière

le plateau

les fleurs

le rideau

le journal
illustré

le thermomètre

la poupée

la mon

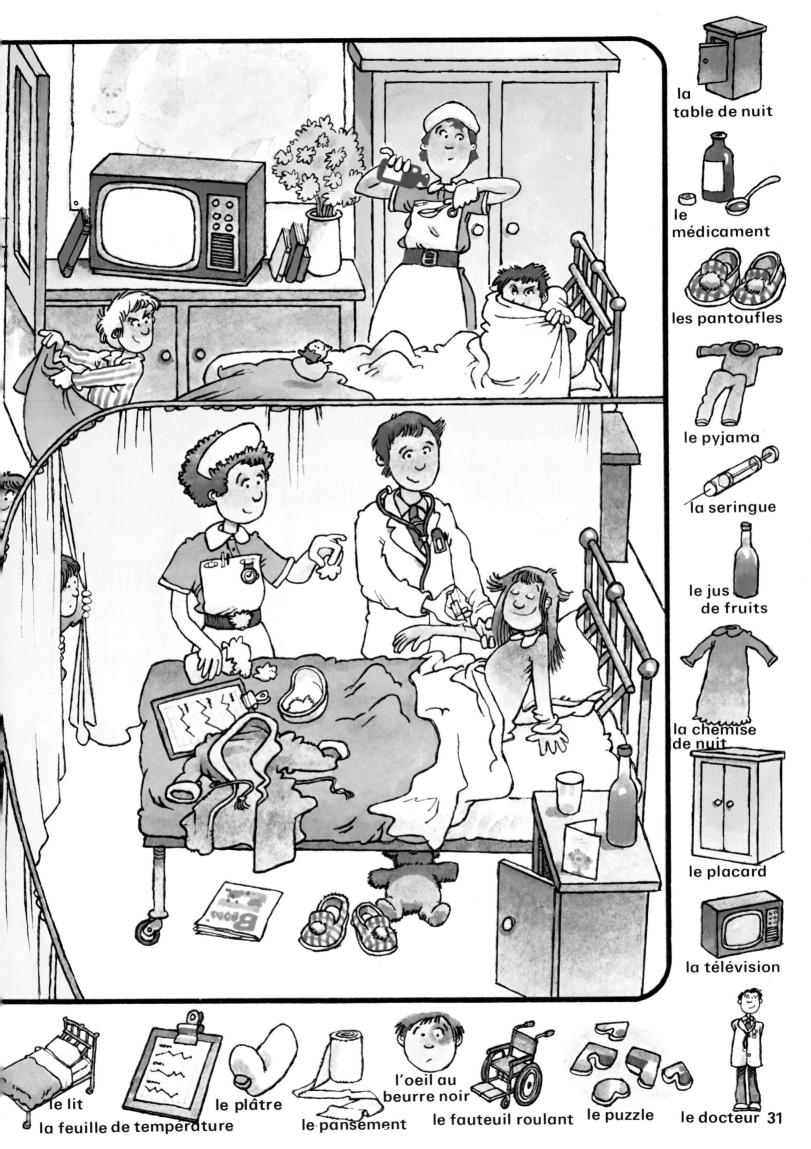

la table de nuit

le médicament

les pantoufles

le pyjama

la seringue

le jus de fruits

la chemise de nuit

le placard

la télévision

le lit

la feuille de température

le plâtre

le pansement

l'oeil au beurre noir

le fauteuil roulant

le puzzle

le docteur

31

Le goûter d'enfants

les ballons

les feux d'artifice

les chapeaux en papier

la charlotte russe

les sandwichs

la lune

les bonbons

les biscuits

32

la nappe

les disques

le gâteau

le chocolat

les petits pains

le lampion

les jouets

le ruban

les bougies

les pailles

les étoiles

les paquets

le gâteau
à la crème

les déguisements

les cadeaux

la fenêtre

le pouding

les feux d'artifice

les guirlandes de papier

33

Le magasin

les bananes
le pamplemousse
la laitue
les raisins
le chou-fleur
les pommes
les carottes
les poireaux
la citrouille
le concombre
les citrons
le céleri
les haricots
les cerises
les abricots
le chou
le melon

FROMAGE

VIAND

FRUITS

FRUITS

LEGUMES

les champignons
les tomates
les petits pois
les prunes
les framboises
les oignons
les pêches
les ananas
les pommes de terre
les épinar

POISSON

PAIN

EPICERIE

les boîtes de conserve

le pain

le beurre

le fromage

le poulet

les oeufs

le poisson

la farine

les bocaux

la viande

les saucisses

le yaourt

le panier

les bouteilles

les choux de Bruxelles

les oranges

les sacs

la caisse

la balance

l'argent

le porte-monnaie

le chariot

le sac à main

les fraises

La nourriture

le petit déjeuner

le déjeuner

le café

le poulet

la confit

le miel

les oeufs sur le plat

le lait

la crème

le chocolat chaud

les côtelettes

la bière

le jambon

le sel

le poivre

le dîner

le thé

le jus de fruit

les noix

la viande

le sucre

la soupe

l'omelette

la salade

le ragoût

les crêpes

les petits pains

le riz

le vin

les spaghetti

la sauce tomate

Moi

les cheveux

le sourcil

l'oeil

le nez

la joue

la bouche

les lèvres

les dents

la langue

le menton

le cou

les oreilles

la tête

la figure

les épaules

les bras

le coude

les mains

les doigts

les pouces

le dos

le derrière

la poitrine

le ventre

les genoux

les jambes

les pieds

les doigts de pied

le talon

Les vêtements

la culotte

le sous-vêtement

le pantalon

les jeans

le tee-shirt

la jupe

la chemise

la cravate

le short

les chaussettes

le tricot

le chandail

le gilet

les collants

le chemisier

la robe

les chaussures de gymnastique

les chaussures

les sandales

les bottes

les gants

la veste

l'anorak

le manteau

le mouchoir

la casquette

le chapeau

la ceinture

les boutons

les boutonnières

les poches

la fermeture éclair

la boucle

les lacets

l'écharpe

Les gens

l'acteur

le cuisinier

la danseuse

le charpentier

l'homme-grenouille

l'astronaute

le chef d'orchestre

le clown

le fermier

le soldat

l'agent de police

la chanteuse

le marchand

le pilote de course

le mécanicien

le peintre

le pompier

le scaphandrier

le boucher

le facteur

le mécanicien

le peintre

le dentiste

le pilote

l'alpiniste

le juge

le gardien de zoo

le boulanger

La famille

le père
le mari

la mère
la femme

la fille
la soeur

le fils
le frère

la tante

l'oncle

le cousin

la grandmère

le grandpère

Action

sourire

porter

prendre un bain

écrire

penser

ramper

construire

peindre

couper

casser

tondre

lire

se laver les dents

écouter

tomber

boire

balayer

se laver

se cacher

rire

pleurer

danser

attraper

tricoter

être assis

42

grimper

aire des bulles

jouer

faire la cuisine

se bagarrer

dormir

attendre

sauter à la corde

ramasser

regarder

jeter

raconter

prendre

manger

coudre

tirer

sauter

chanter

gagner

courir

creuser

faire

acheter

marcher

pousser

être debout

43

Les contraires

sage

vilain

petit

grand

gros

maigre

moitié

tout

le haut

le bas

mou

dur

froid

chaud

premier

dernier

loin

près

peu

beaucoup

vide

plein

gauche

haut

bas

sale

propre

44

lent

rapide

facile

difficile

long

court

en haut

en bas

bon

mauvais

sur

sous

devant

derrière

mouillé

sec

sombre

lumineux

ouvert

fermé

vivant

mort

droite

vieux

neuf

dehors

dedans

45

Contes et légendes

le château

le dragon

le chevalier

le géant

le manche à balai

la sorcière

le pistolet

le canon

le pirate

le trésor

la baguette magique

le puits

la fée

le champignon

l'elfe

le nain

le prestidigitateur

le voleur

le désert

l'Indien

le shérif

le cow-boy

la diligence

le diable

la couronne

le page

la princesse

le prince

l'épée

la reine

le roi

le palais

l'ange

le dinosaure

la prison

les rennes

le traîneau

le Père Noël

le sorcier

le fantôme

le marié

la mariée

le mariage

les demoiselles d'honneur

le monstre

47

Animaux familiers

les lapins

le chat

le chien

le poisson rouge

les lézards

le perroquet

les grenouilles

les perruches

le hérisson

les vers à soie

le cochon d'Inde

les crapauds

les pigeons

les chiots

les souris

les serpents

les chatons

la tortue

48

Le temps

le brouillard

la pluie

le gel

les nuages

la neige

le soleil

l'arc en ciel

la foudre

la rosée

le vent

la brume

Les Saisons

le printemps

l'été

l'automne

l'hiver

Le sport

la boxe

le cyclisme

le base-ball

la natation

le football

la gymnastique

le saut

le ski

les courses de voitures

le tennis

les courses de chevaux

le patinage

le tir

le cricket

les poids et haltères

le concours hippique

le moto-cross

l'équitation

la voile

le ping-pong

l'aviron

la lutte

le basket

le judo

Couleurs

noir

orangé

vert

rose

marron

bleu

rouge

blanc

violet

jaune

gris

Les formes

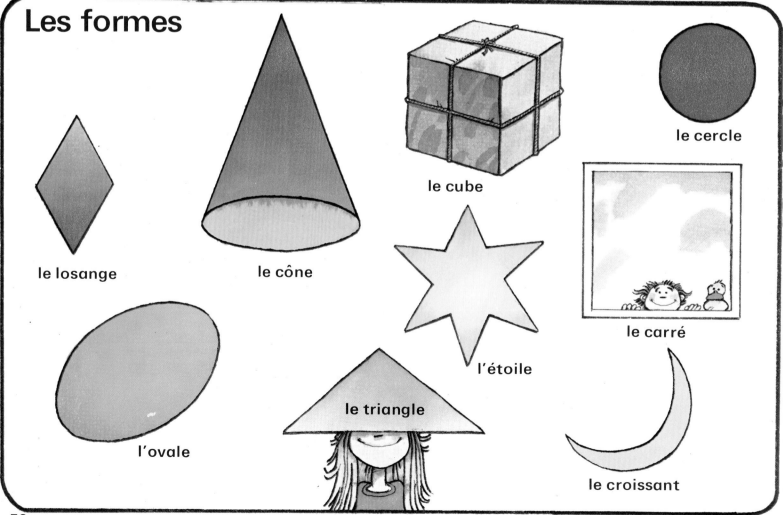

le losange

le cône

le cube

le cercle

le carré

l'ovale

l'étoile

le triangle

le croissant

Nombres

1	un	
2	deux	
3	trois	
4	quatre	
5	cinq	
6	six	
7	sept	
8	huit	
9	neuf	
10	dix	
11	onze	
12	douze	
13	treize	
14	quatorze	
15	quinze	
16	seize	
17	dix sept	
18	dix huit	
19	dix neuf	
20	vingt	

53

La foire

le manège

le toboggan géant

le paillasson

la grande rou[e]

les voitures tamponneuses

les montagnes russes

les anneaux

le pop-corn

la barbe à papa

le train-fantôme

le tir à la carabine

Le cirque

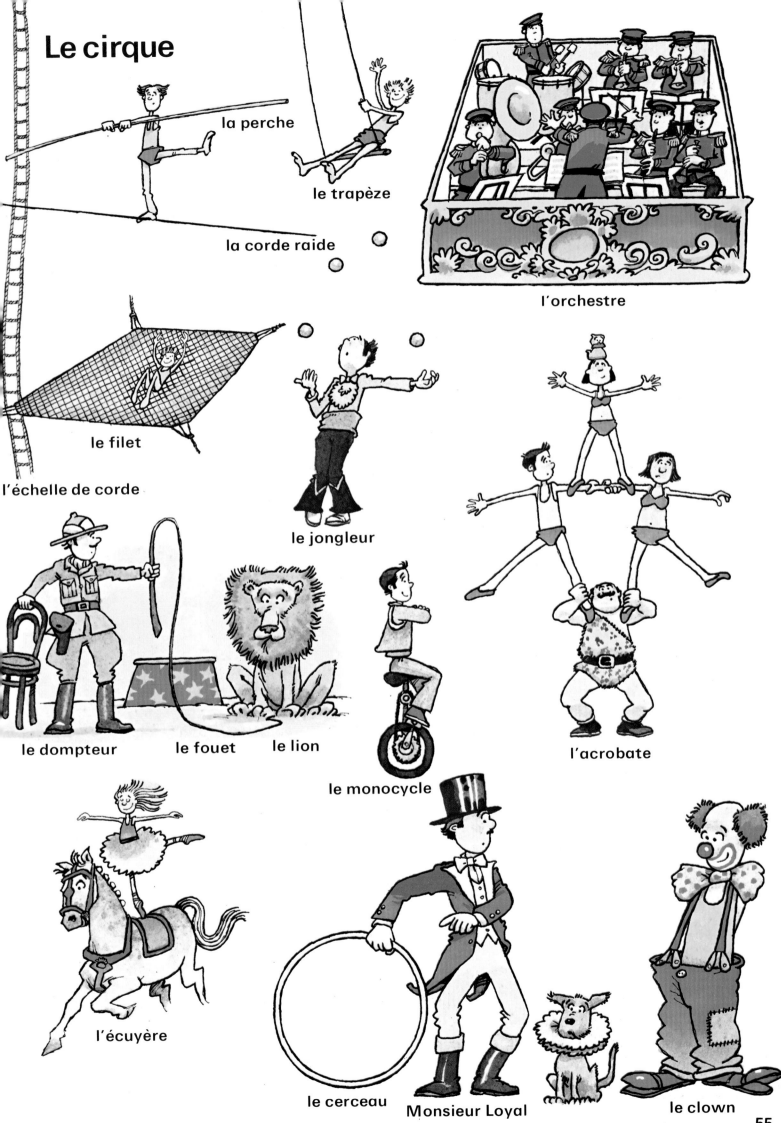

la perche

le trapèze

l'orchestre

la corde raide

le filet

l'échelle de corde

le jongleur

le dompteur

le fouet

le lion

le monocycle

l'acrobate

l'écuyère

le cerceau

Monsieur Loyal

le clown

55

In this list of useful words, the English word comes first, then there is the French translation, followed by the pronunciation of the French word in *italics*.

On the next page is the start of the alphabetical list of all the words in the pictures in this book. Here the French word comes first, then there is its pronunciation in *italics*, followed by the English translation.

There are some sounds in the French language which are quite different from any sounds in English. The pronunciation is a guide to help you say the French words correctly. They may look funny or strange. Just read them as if they are English words, except for these special rules:

g is said like *g* in *g*ame
j is said like *s* in trea*s*ure
r is made by a roll in the back of your mouth

and sounds a little like gargling. When there is an *r* in the pronunciation guide, it is always said like this, except when it is in brackets, like this (*r*).

(*n*) means that the *n* is not said but that vowel before it is nasalised. This means that you make the sound through your nose and your mouth at the same time. There are no sounds like this in English, so you have to hear someone say them before you can pronounce then correctly.

e(*r*) means that the *e* sounds like the *e* in *the* (not *thee*). The *r* is not said.

ew is a sound which we do not have in English. To make it, round your lips as if to say *oo*, then try and say *ee*.

a is said a little longer than *a* in *cat* but not as long as the *a* in *car*.

ay is like *a* in *date*.

More useful words These words (not in the pictures) cannot be illustrated.

English	French	Pronunciation
after	après	*a-pray*
afternoon	après-midi	*a-pray mee-dee*
again	encore	*a(n)-cor*
all	tout	*too*
always	toujours	*too-joor*
and	et	*ay*
another	un autre	*a(n)-no-tr*
ask	demander	*de(r)-ma(n)-day*
to be	être	*etr*
because	parce que	*pars-ke(r)*
to bring	apporter	*a-por-tay*
but	mais	*may*
to call	appeler	*a-play*
to come	venir	*ve(r)-near*
day	le jour	*le(r) joor*
early	tôt	*toe*
end	la fin	*la fa(n)*
excuse me	excusez-moi	*ex-coo-zay-mwa*
far	loin	*lwa(n)*
to finish	finir	*fee-near*
for	pour	*poor*
friend	l'ami	*la-mee*
from	de	*de(r)*
to go	aller	*a-lay*
happy	content	*co(n)-ta(n)*
to have	avoir	*a-vwar*
he	il	*eel*
to help	aider	*ay-day*
her, his	sa, son	*sa, so(n)*
here	ici	*ee-see*
to hold	tenir	*te(r)-near*
to be hungry	avoir faim	*a-vwar fam*
I	je or moi	*je(r), mwa*
if	si	*see*
just	juste	*joost*
to keep	garder	*gar-day*
to know	savoir	*sa-vwar*
late	tard	*tar*
to leave	quitter	*kee-tay*
to learn	apprendre	*a-pra(n)-dr*
to like, to love	aimer	*ay-may*
to look	regarder	*re(r)-gar-day*
lot	beaucoup	*bo-coo*
me	moi	*mwa*
to meet	rencontrer	*ra(n)-co(n)-tray*
month	le mois	*le(r) mwa*
more	plus	*plew*
morning	le matin	*le(r) ma-ta(n)*
my	mon or ma	*mo(n), ma*
myself	moi-même	*mwa-mem*
name	le nom	*le(r) no(m)*
near	près	*pre*
never	jamais	*ja-may*
next	prochain	*prosh-a(n)*
night	la nuit	*la nwee*
no	non	*no(n)*
now	maintenant	*ma(n)t-na(n)*
of	de	*de(r)*
once	une fois	*ewn fwa*
our	notre	*notr*
please	s'il vous plaît	*seel voo play*
poor	pauvre	*po-vr*
pretty	joli	*jol-ee*
to put	mettre	*met-tr*
rich	riche	*reesh*
sad	triste	*treest*
to see	voir	*vwar*
to sell	vendre	*va(n)-dr*
she	elle	*ell*
to show	montrer	*mo(n)-tray*
soon	bientôt	*bee-a(n)-toe*
some	quelque	*kell-ke(r)*
sorry	pardon	*par-do(n)*
to stay	rester	*ress-tay*
thank you	merci	*mare-see*
that	que	*ke(r)*
then	alors	*a-lor*
there	là	*la*
to be thirsty	avoir soif	*a-vwar swaf*
this	ce or cette	*se(r), set*
time	le temps	*le(r) ta(n)*
to be tired	être fatigué	*etr fa-tee-gay*
today	aujourd'hui	*o-joor-dwee*
tonight	ce soir	*se(r) swar*
tomorrow	demain	*de(r)-ma(n)*
too	aussi	*o-see*
to try	essayer	*ess-ay-ay*
us	nous	*noo*
very	très	*tray*
to want	vouloir	*voo-lwar*
we	nous	*noo*
week	la semaine	*la se(r)-men*
when	quand	*ka(n)*
where	où	*oo*
who	qui	*kee*
with	avec	*a-veck*
year	l'année	*la-nay*
yes	oui	*wee*
yesterday	hier	*ee-air*
you	toi, tu or vous	*twa, tew, voo*

Index Words in the pictures

French	Pronunciation	English
l'abeille (f)	la-bay	bee
l'abricot (m)	la-bree-co	apricot
les accus (m)	lay-za-cew	battery
acheter	ash-tay	to buy
l'acrobate (m or f)	lack-ro-bat	acrobat
l'acteur (m)	lack-ter	actor
l'aérodrome (m)	lair-od-rom	airport
l'agent de police (m)	la-ja(n) de(r) pleece	policeman
l'agneau (m)	lan-yo	lamb
l'aigle (m)	lay-gl	eagle
l'aile (f)	layl	wing
les algues (f)	lay zalg	seaweed
l'allumette (f)	la-cew-met	match
l'alphabet (m)	lal-fa-bay	alphabet
l'alpiniste (m or f)	lal-pee-neest	mountaineer
l'ambulance (f)	lam-bew-la(n)ce	ambulance
l'ampoule électrique (f)	la(n)-pool ay-leck-treek	bulb
l'ananas (m)	la-na-na	pineapple
l'âne (m)	lan	donkey
l'ange (m)	la(n)j	angel
l'animal (m)	la-nee-mal	animal
l'animal familier (m)	la-nee-mal fa-mee-lee-ay	pet
les anneaux (m)	lay za-no	hoop-la
l'anorak (m)	la-nor-ak	anorak
l'antenne de télévision (f)	la(n)-ten de(r) tay-lay-veez-yo(n)	aerial
l'appareil de photo (m)	la-pa-ray de(r) fo-toe	camera
l'appartement (m)	la-part-e(r)-ma(n)	flat
l'appentis (m)	la-pa(n)-tee	shed
l'aquarium (m)	la-kwa-ree-om	aquarium
l'araignée (f)	la-rayn-yay	spider
l'arbre (m)	lar-br	tree
l'arc et les flèches	lark ay lay flesh	bow (and arrow)
l'arc en ciel (m)	lark a(n) see-el	rainbow
l'argent (m)	lar-ja(n)	money
l'armoire (f)	lar-mwar	wardrobe
arrière	a-ree-air	back
l'arroseuse à jet tournant	la-roe-ze(r)z a jay toor-na(n)	sprinkler
l'ascenseur (m)	lass-a(n)-ser	lift
l'aspirateur (m)	lass-pee-ra-ter	vacuum cleaner
s'asseoir	sass-war	to sit
l'assiette (f)	lass-ee-et	plate
l'astronaute (m or f)	lass-tron-oat	astronaut
l'atelier (m)	la-tell-ee-ay	workshop
attendre	a-ta(n)-dr	to wait
attraper	a-trap-ay	to catch
l'autobus (m)	lo-toe-bews	bus
l'automne (m)	lo-tonn	autumn
l'autruche (f)	lo-trewsh	ostrich
avant	ava(n)	front
l'avion (m)	lav-yo(n)	plane
l'aviron (m)	la-vee-ro(n)	oar
le badge	le(r) baj	badge
se bagarrer	se(r) ba-ga-ray	to fight
la baguette magique	la ba-get ma-jeek	magic wand
se baigner	se(r) bayn-yay	bathing
la baignoire	la bay-nwar	bath tub
le balai	le(r) ba-lay	broom
la balance	la bal-a(n)ce	scales
la balançoire	la bal-a(n)-swar	seesaw
balayer	ba-lay-ay	sweeping
la baleine	la ba-len	whale
la balle	la bal	ball
le ballon	le(r) ba-lo(n)	balloon
le ballot de paille	le(r) ba-lo de(r) pie-ye(r)	straw bale
la banane	la ba-nan	banana
le banc	le(r) ba(n)	bench
la barbe à papa	la bar-ba pa-pa	candyfloss
la barrière	la ba-ree-air	gate
bas	ba	low, bottom
le base-ball	le(r) base-ball	base ball
le basket	le(r) bass-ket	basket-ball
le bateau	le(r) ba-toe	boat
le bateau de pêche	le(r) ba-toe de(r) pesh	fishing boat
le bateau à rames	le(r) ba-toe a ram	rowing boat
le bateau à voile	le(r) ba-toe a vwal	sailing boat
les bâtons (m)	lay ba-to(n)	sticks
beaucoup	bo-coo	many
le bébé	le(r) bay-bay	baby
les béquilles (f)	lay bay-kee-ye(r)	crutches
le berger	le(r) bear-jay	shepherd
le beurre	le(r) ber	butter
la bibliothèque	la beeb-lee-o-teck	book case
la bicyclette	la bee-see-clet	bicycle
le bidon à huile	le(r) bee-do(n) aweel	oil can
la bière	la bee-air	beer
les billes	lay bee	marbles
la binette	la bee-net	hoe
le biscuit	le(r) beece-kwee	biscuit
le blaireau	le(r) blay-ro	badger
blanc	bla(n)	white
le blé	le(r) blay	corn
bleu	ble(r)	blue
le bocal	le(r) bo-kal	jar
boire	bwar	to drink
le boîs	le(r) bwa	wood
la boîte	la bwat	box
la boîte de conserve	la bwat de(r) co(n)-sairv	tin
la boîte à outils	la bwa-ta oo-tee	toolbox
la boîte de peintures	la bwat de(r) pa(n)-tewr	paintbox
le bol	le(r) bol	bowl
bon	bo(n)	nice
le bonbon	le(r) bo(n)-bo(n)	sweet
le bord de la mer	le(r) bor de(r) la mare	seaside
la botte	la bot	boot
la bouche	la boosh	mouth
le boucher	le(r) boosh-ay	butcher
la boucle	la boo-cl	buckle
la boue	la boo	mud
la bouée	la boo-ay	buoy
la bougie	la boo-jee	candle
la bouilloire	la boo-eey-war	kettle
le boulanger	le(r) boo-la(n)-jay	baker
le boulon	le(r) boo-lo(n)	bolt
la bouteille	la boo-tay	bottle
le bouton	le(r) boo-to(n)	button
la boutonnière	la boo-ton-ee-air	buttonhole
la boxe	la box	boxing
le bras	le(r) bra	arm
la brique	la breek	brick
la brosse	la bross	brush
la brosse à dents	la bross a da(n)	toothbrush
la brosse à laver	la bross a la-vay	scrubbing brush
la brouette	la broo-et	wheelbarrow
le brouillard	le(r) broo-ee-ar	fog
la brume	la brewm	mist
le buffle	le(r) bew-fl	buffalo
le buisson	le(r) bwee-so(n)	bush
le bull-dozer	le(r) bool-doe-zair	bulldozer
la bulle de savon	la bewl de(r) sa-vo(n)	soap bubbles
se cacher	se(r) cash-ay	to hide
le cadeau	le(r) ca-do	present
le café	le(r) ca-fay	coffee, café
la caisse	la kess	cash desk
le calendrier	le(r) ca-la(n)-dree-ay	calendar
le camion	le(r) ca-mee-o(n)	lorry
le camion-citerne	le(r) ca-mee-on see-tairn	petrol lorry
la camionnette	la ca-mee-on-et	van
la campagne	la ca(n)-pan-ye(r)	country
le canal	le(r) ca-nal	canal
le canard	le(r) ca-nar	duck
le canif	le(r) ca-neef	penknife
la canne à peche	la can-a-pesh	fishing rod
le caneton	le(r) can-to(n)	duckling

French	Pronunciation	English
le canoë	le(r) ca-no-ay	canoe
le canon	le(r) ca-no(n)	canon
le capot	le(r) ca-po	bonnet (car)
la caravane	la ca-ra-van	caravan
le carnet	le(r) car-nay	notebook
la carotte	la ca-rot	carrot
le carré	le(r) ca-ray	square
les carreaux (m)	lay ca-ro	tiles
la carte	la cart	map
les cartes à jouer	lay cart a joo-ay	playing cards
la cascade	la cass-cad	waterfall
la casquette	la cass-ket	cap
casser	cassay	to break
la casserole	la cass-rol	saucepan
le castor	le(r) cass-tor	beaver
la ceinture	la sa(n)-tewr	belt
le céleri	le(r) sell-ree	celery
le cerceau	le(r) sair-so	hoop
le cercle	le(r) sair-cl	circle
le cerf	le(r) sair	deer
le cerf-volant	le(r) sair vol-a(n)	kite
la cerise	la se(r)-reez	cherry
la chaise	la shayz	chair
le chameau	le(r) sha-mo	camel
le champ	le(r) sha(n)	field
le champignon	le(r) sha(n)-peen-yo(n)	mushroom
le chandail	le(r) sha(n)-die	jumper
chanter	sha(n)-tay	to sing
la chanteuse	la sha(n)-te(r)z	singer
le chapeau	le(r) sha-po	hat
le chapeau de paille	le(r) sha-po de(r) pie	straw hat
le chapeau en papier	le(r) sha-po o(n) pa-pee-ay	paper hat
le chariot	le(r) sha-ree-o	trolley
la charlotte russe	la shar-lot rewce	trifle
le charpentier	le(r) shar-pa(n)-tee-ay	carpenter
la charrette	la sha-ret	cart
la charrue	la sha-rew	plough
le chat	le(r) sha	cat
le château	le(r) sha-toe	castle
le château de sable	le(r) sha-to de(r) sa-bl	sandcastle
le chaton	le sha-to(n)	kitten
chaud	sho	hot
le chauffeur	le(r) sho-fer	driver
la chaumière	la sho-mee-air	cottage
les chaussettes (f)	lay sho-set	socks
les chaussures (f)	lay sho-sewr	shoes
les chaussures de gymnastique (f)	lay sho-sewr de(r) jeem-nass-teek	gym shoes
la chauve-souris	la shoav soo-ree	bat
le chef de train	le(r) shay de(r) tra(n)	guard (train)
le chef d'orchestre	le(r) shay dor-kess-tr	conductor
le chemin	le(r) she(r)-ma(n)	path
la cheminée	la she(r)-mee-nay	chimney
la chemise	la she(r)-meez	shirt
la chemise de nuit	la she(r)-meez de(r) nwee	nightdress
le chemisier	le(r) she(r)-mee-zee-ay	blouse
la chenille	la she(r)-nee-ye(r)	caterpillar
le cheval	le(r) she(r)-val	horse
le cheval à bascule	le(r) she(r)-val a bass-cool	rocking horse
le chevalet	le(r) she-va-lay	easel
le chevalier	le(r) she-va-lee-ay	knight
les cheveux	lay she(r)-ve(r)	hair
la chèvre	la she-vr	goat
le chien	le(r) shee-a(n)	dog
le chien de berger	le(r) shee-a(n) de(r) bear-jay	sheep dog
le chiffon	le(r) shee-fo(n)	duster
le chiot	le(r) shee-o	puppy
le chocolat	le(r) shock-ol-a	chocolate
le chocolat chaud	le(r) shock-ol-a sho	hot chocolate
le chou	le(r) shoo	cabbage
le chou de bruxelles	le(r) shoo de(r) brew-sell	Brussels sprout
le chou-fleur	le(r) shoo fler	cauliflower
la cible	la see-bl	target
le cinéma	le(r) see-nay-ma	cinema
cinq	sa(n)k	five
la cire	la seer	polish
le cirque	le(r) seerk	circus
les ciseaux	lay see-zo	scissors
le citron	le(r) see-tro(n)	lemon
la citrouille	la see-troo-ee-ye(r)	pumpkin
clair	clair	light
la clé	la clay	key
la clef	la clay	spanner
la cloche	la closh	bell
la clôture	la clo-tewr	railings
le clou	le(r) cloo	nail
le clown	le(r) cloon	clown
le cochon	le(r) cosh-o(n)	pig
le cochon d'Inde	le(r) cosh-o(n) da(n)d	guinea pig
le coffre	le(r) cof-fr	boot (of car)
les collants	lay coll-a(n)	tights
la colline	la coll-een	hill
commencer	com-a(n)-say	to start
le comprimé	le(r) co(n)-pree-may	pill
la commode	la com-odd	chest of drawers
le concombre	le(r) co(n)-co(n)-br	cucumber
le concours hippique	le(r) co(n)-coor ee-peek	show jumping
la colle	la coll	glue
le cône	le(r) cone	cone
la confiture	la co(n)-fee-tewr	jam
construire	co(n)-stroo-eer	to build
le conte	le(r) co(n)t	story
le contraire	le(r) co(n)-trair	opposite
le contrôleur de billets	le(r) co(n)-tro-ler de(r) bee-ay	ticket collector
les copeaux (m)	lay cop-oe	shavings
le coq	le(r) cock	cock
le coquillage	le(r) cock-ee-aj	sea shell
la corbeille à papier	la cor-bay a pa-pee-ay	wastepaper basket
la corde	la cord	rope
la corde à sauter	la cord a so-tay	skipping rope
la corde raide	la cord red	tightrope
la corne	la corn	horn
la côtelette	la cot-let	chop
le coton hydrophile	le(r) cot-o(n) ee-droff-eel	cotton wool
le cou	le(r) coo	neck
le coude	le(r) cood	elbow
coudre	coo-dr	to sew
la couleur	la coo-ler	colour
courir	coo-rear	to run
la couronne	la coo-ron	crown
le cours d'eau	le(r) coor do	stream
la course de voitures	la coors de(r) vwa-tewr	motor racing
les courses (f) de chevaux	lay coors de(r) she(r)-vo	horse racing
court	coor	short
le cousin	le(r) coo-za(n)	cousin
le coussin	le(r) coo-sa(n)	cushion
le couteau	le(r) coo-to	knife
la couverture	la coo-vair-tewr	blanket
le cowboy	le(r) cow-boy	cowboy
le crabe	le(r) crab	crab
la craie	la cray	chalk
le crapaud	le(r) crap-o	toad
la cravate	la cra-vat	tie
les crayons (m) de couleur	lay cray-o(n) de(r) coo-ler	crayons
la crème	la crem	cream
la crêpe	la crep	pancake
creuser	cre(r)-zay	to dig
le cricket	le(r) kree-kay	cricket
le crocodile	le(r) crock-o-deel	crocodile
le croissant	le(r) kwass-a(n)	crescent
le cube	le(r) kewb	cube
la cuillère	la kwee-yair	spoon
la cuisine	la kwee-zeen	kitchen
le cuisinier	le(r) kwee-zeen-yay	cook
la cuisinière	la kwee-zeen-yair	cooker
la culotte	la cew-lot	pants
le cyclisme	le(r) see-cleez-me(r)	cycling
le cygne	le(r) seen-ye(r)	swan or cygnet
la danceuse	la da(n)-se(r)z	**dancer**
la dame	la dam	woman
danser	da(n)-say	to dance

le dauphin	le(r) doe-fa(n)	dolphin
dedans	de(r)-da(n)	inside
dehors	de(r)-or	outside
le déguisement	le(r) day-geez-ma(n)	fancy dress
le déjeuner	le(r) day-je(r)-nay	lunch
la demoiselle d'honneur	la de(r)-mwa-zell don-er	bridesmaid
la dent	la da(n)	tooth
le dentiste	le(r) da(n)-teest	dentist
le dentifrice	le da(n)-tee-freece	toothpaste
dernier	dare-nee-ay	last
le derrière	le(r) dare-ree-air	behind, bottom
le dés	le(r) day	dice
la descente de lit	la day-sa(n)t de(r) lee	rug
le désert	le(r) day-zair	desert
le dessin	le(r) day-sa(n)	drawing
dessous	de(r)-soo	under
dessus	de(r)-sew	over
deux	de(r)	two
devant	de(r)-va(n)	in front of
le diable	le(r) dee-abl	devil
difficile	dee-fee-seel	difficult
la diligence	la dee-lee-ja(n)ce	stagecoach
le dindon	le(r) da(n)-do(n)	turkey
le dîner	le(r) dee-nay	dinner, supper
le dinosaure	le(r) dee-noss-or	dinosaur
le disque	le(r) deesk	record
dix	deece	ten
dix-huit	deez weet	eighteen
dix-neuf	deez-ne(r) f	nineteen
dix-sept	deece-set	seventeen
le docteur	le(r) dock-ter	doctor
le doigt	le(r) dwa	finger
le doigt de pied	le(r) dwa de(r) pee-ay	toe
le dompteur	le(r) do(n)-ter	lion tamer
dormir	dor-meer	to sleep
le dos	le(r) doe	back (of body)
la douche	la doosh	shower
douze	dooz	twelve
le dragon	le(r) dra-go(n)	dragon
le drap	le(r) dra	sheet
le drapeau	le(r) dra-po	flag
droite	drwat	right
dur	dewr	hard

l'eau (f)	lo	water
l'écharpe (f)	lay-sharp	scarf
l'échelle (f)	lay-shell	ladder
l'échelle de corde (f)	lay-shell de(r) cord	rope ladder
l'écluse (f)	lay-clues	lock
l'école (f)	lay-coll	school
écouter	ay-coo-tay	to listen
écrire	ay-creer	to write
l'écureuil (m)	lay-kewr-e(r)-ye(r)	squirrel
l'écurie (f)	lay-kew-ree	stable
l'écuyère (f)	lay-kwee-yair	rider
l'écrou (m)	lay-croo	nuts and bolts
l'édredon (m)	lay-dre(r)-do(n)	eiderdown
l'elfe (m)	lelf	elf
l'église (f)	lay-gleez	church
l'éléphant (m)	lay-lay-fa(n)	elephant
en bas	a(n) ba	downstairs
l'enfant (m)	la(n)-fa(n)	child
en haut	a(n)-o	upstairs
l'entrée (f)	la(n)-tray	hall
l'épaule (f)	lay-pole	shoulder
l'épée (f)	lay-pay	sword
l'épicerie (f)	lay-piece-e(r)-ree	grocery shop
les épinards	lay-zay-pee-nar	spinach
l'éponge (f)	lay-ponj	sponge
l'épouvantail (m)	lay-poo-va(n)-tie	scarecrow
l'équitation (f)	lay-kee-ta-see-o(n)	riding
l'escalier (m)	less-ca-lee-ay	stairs
l'escargot (m)	less-car-go	snail
l'étable (f)	lay-ta-bl cowshed	cowshed
l'établi (m)	lay-tab-lee	work bench
l'étagère (f)	lay-ta-jair	shelf
l'étau (m)	lay-toe	vice
l'été (m)	lay-tay	summer
l'étoile (f)	lay-twal	star

l'étoile de mer (f)	lay-twal de(r) mare	star fish
être assis	et-re(r) ass-ee	to sit
être debout	et-re(r) de(r)-boo	to stand
l'évier (m)	lay-vee-ay	sink

facile	fa-seel	**easy**
le facteur	le(r) fack-ter	postman
la faim	la fam	hunger
faire	fair	to do or make
faire des bulles	fair day bewl	to blow
faire la cuisine	fair la kwee-zeen	to cook
la falaise	la fa-lays	cliff
la famille	la fa-mee-ye(r)	family
le fantôme	le(r) fa(n)-tome	ghost
la farine	la fa-reen	flour
le fauteuil	le(r) fo-te(r)-ye(r)	armchair
le fauteuil roulant	le(r) fo-te(r)-ye(r) roo-la(n)	wheel chair
la fée	la fay	fairy
la femme	la fam	woman, wife
la fenêtre	la fe-ne-tr	window
le fer à repasser	le(r) fair a re(r)-pa-say	iron
la ferme	la fairm	farm
fermé	fair-may	closed
la fermeture éclair	la fair-me(r)-tewr ay-clair	zip
le fermier	le(r) fair-mee-ay	farmer
la fête	la fayt	party
le feu	le(r) fe(r)	fire
le feu de joie	le(r) fe(r) de(r) jwa	bonfire
la feuille	la fe(r) ye(r)	leaf
la feuille de température	la fe(r)-ye(r) de(r) ta(n)-pay-ra-tewr	chart
les feux (m) d'artifice	lay fe(r) dar-tee-feece	fireworks
les feux de signalisation	lay fe(r) de(r) see-nya-lec-za-syo (n)	signals
les feux rouges (m)	lay fe(r) rooj	traffic lights
la ficelle	la fee-sell	string
la figure	la fee-gewr	face
le filet	le(r) fee-lay	net
la fille	la fee-ye(r)	girl, daughter
le fils	le(r) feece	son
la flaque	la flack	puddle
la flèche	la flesh	arrow
les fléchettes	lay flesh-et	darts
la fleur	la fler	flower
le foin	le(r) fwa(n)	hay
la foire	la fwar	fairground
le football	le(r) foot bol	football
la forêt	la for-ray	forest
la forme	la form	shape
le fort	le(r) for	fort
la foudre	la foo-dr	lightning
le fouet	le(r) foo-ay	whip
la fourche	la foorsh	fork (big)
la fourchette	la-foor-shet	fork
la fourmi	la foor-mee	ant
la fraise	la frayz	strawberry
la framboise	la fra(n)-bwaz	raspberry
le frère	le(r) frair	brother
le frigidaire	le(r) free-jee-dare	refrigerator
froid	frwa	cold
le fromage	le(r) from-aj	cheese
le fruit	le(r) froo-ee	fruit
la fumée	la few-may	smoke
la fusée	la few-zay	rocket
le fusil	le(r) few-zee	gun

gagner	gan-yay	**to win**
le galet	le(r) ga-lay	pebble
le gant	le(r) ga(n)	glove
le garage	le(r) ga-raj	garage
le garçon	le(r) gar-so(n)	boy
le gardien de zoo	le(r) gar-dee-a(n) de(r) zo	zoo keeper
la gare	la gar	railway station
le gâteau	le(r) ga-toe	cake
le gâteau à la crème	le(r) ga-toe a la crem	cream cake
gauche	goash	left
le géant	le(r) jay-a(n)	giant

French	Pronunciation	English
le gel	le(r) jell	frost
la gelée	la je(r) lay	jelly
le gendarme	le(r) ja(n)-darm	policeman
le genou	le(r) je(r)-noo	knee
les gens (m)	lay ja(n)	people
le gilet	le(r) jee-lay	cardigan
la giraffe	la jee-raff	giraffe
la glace	la glass	ice cream
la gomme	la gomm	rubber
le gorille	le(r) gor-ee-ye(r)	gorilla
le goûter d'enfants	le(r) goo-tay da(n)-fa(n)	party
la gouttière	la goo-tee-air	gutter
la graine	la grain	seed
grand	gra(n)	big
la grande roue	la gra(n)d roo	big dipper
la grand-mère	la gra(n) mare	grandmother
le grand-père	le(r) gra(n) pair	grandfather
la grange	la gra(n)j	barn
le grenier	le(r) gre(r)-nee-ay	attic or loft
la grenouille	la gre(r)-noo-ee-ye(r)	frog
grimper	gra(n)-pay	to climb
gris	gree	grey
gros	gro	fat
la grue	la grew	crane
la guêpe	la gep	wasp
la guirlande de papier	la gear-la(n)d de(r) pa-pee-ay	paperchain
la guitare	la gee-tar	guitar
la gymnastique	la jeem-nass-teek	gymnastics
la hache	**la ash**	**axe**
la haie	la ay	hedge
les haltères (f)	lay al-tair	weight lifting
les haricots (m)	lay a-ree-co	beans
le harmonica	le(r) ar-mon-ee-ka	mouth organ
le haut	le(r) o	top
le hélicoptère	le(r) ay-lee-cop-tair	helicopter
l'herbe (f)	lairb	grass
le hérisson	le(r) ay-ree-so(n)	hedgehog
le hibou	le(r) ee-boo	owl
le hippopotame	le(r) ee-pop-ot-am	hippopotamus
l'hiver (m)	lee-vair	winter
l'homme (m)	lom	man
l'homme-grenouille (m)	lom gre(r)-noo-ee-ye(r)	frogman
l'hôpital (m)	lop-ee-tal	hospital
l'hors-bord (m)	lor bor	speedboat
l'hôtel (m)	lo-tell	hotel
l'hôtesse de l'air (f)	lo-tess de(r) lair	air hostess
l'huile (f)	lweel	oil
huit	weet	eight
la hutte	la ewt	hut
l'île (f)	**leel**	**island**
l'illustré (m)	lee-loo-stray	comic
l'image (f)	lee-maj	picture
l'imperméable (m)	la(n)-pair-may-a-bl	raincoat
l'Indien (m)	la(n)-dee-a(n)	Indian
l'infirmière (f)	la(n)-fair-mee-air	nurse
l'insecte (m)	la(n)-sect	insect
l'institutrice (f)	la(n)-stee-tew-treece	school teacher
l'interrupteur (m)	la(n)-tair-rewp-ter	switch (electric)
la jambe	**la ja(n)b**	**leg**
le jambon	le(r) ja(n)-bo(n)	ham
le jardin	le(r) jar-da(n)	garden
le jardin public	le(r) jar-da(n) poo-bleek	park
jaune	jone	yellow
les jeans (m)	lay jeans	jeans
jeter	je(r)-tay	to throw
les jeux (m)	lay je(r)	games
le jongleur	le(r) jo(n)-gler	juggler
la joue	la joo	cheek
jouer	joo-ay	to play
le jouet	le(r) joo-ay	toy
le journal	le(r) joor-nal	newspaper
le journal illustré	le(r) joor-nal ee-loo-stray	magazine
le judo	le(r) jew-doe	judo
le juge	le(r) jewj	judge
la jupe	la jewp	skirt
le jus de fruit	le(r) jew de(r) froo-ee	fruit juice
le kangourou	**le(r) ca(n)-goo-roo**	**kangaroo**
le lac	**le(r) lack**	**lake**
le lacet	le(r) la-say	shoe lace
la laine	la layn	wool
la laisse	la lace	dog lead
le lait	le(r) lay	milk
la laitue	la lay-tew	lettuce
la lampe	la la(n) p	lamp
le lampion	le r la(n)-pee-o(n)	lantern
la langue	la la(n)g	tongue
le lapin	le(r) la-pa(n)	rabbit
le lavabo	le(r) la-va-bo	wash basin
laver	la-vay	to wash
se laver les dents	se(r) la-vay lay da(n)	to clean teeth
le lave-voiture	le(r) lav-wa-tewr	car wash
la légende	la lay-ja(n)d	legend or story
le légume	le(r) lay-gewm	vegetable
lent	la(n)	slow
le léopard	le(r) lay-op-ar	leopard
la lettre	la let-tr	letter
les lèvres (f)	lay le-vr	lips
le lézard	le(r) lay-zar	lizard
la lime	la leem	file
le lion	le(r) lee-o(n)	lion
le lionceau	le(r) lee-o(n)-so	lion cub
lire	leer	to read
le lit	le(r) lee	bed
le livre	le(r) lee-vr	book
le locomotive	le(r) lock-om-ot-eev	engine
loin	lwa(n)	far
long	lo(n)	long
le losange	le(r) loz-a(n)j	diamond shape
le loup	le(r) loo	wolf
lumineux	lew-mee-ne(r)	light
la lune	la lewn	moon
la lutte	la lewt	wrestling
la machine à ecrire	**la ma-sheen a ay-creer**	**typewriter**
la machine à laver	la ma-sheen a la-vay	washing machine
le magasin	le(r) ma-ga-za(n)	shop
le magasin de jouets	le(r) ma-ga-za(n) de(r) joo-ay	toy shop
le magicien	le(r) ma-jee-see-a(n)	magician
maigre	may-gr	thin
le maillot de bain	le(r) my-o de(r) ba(n)	swimsuit
la main	la ma(n)	hand
la maison	la may-zo(n)	house
la maison de poupée	la may-zo(n) de(r) poo-pay	dolls' house
la manche à balai	la ma(n)-sha ba-lay	broomstick
le manège	le(r) ma-nej	roundabout
manger	ma(n)-jay	to eat
le manteau	le(r) ma(n)-toe	coat
la mappemonde	la map-e(r) mo(n)d	globe
le marchand	le(r) mar-sha(n)	shopkeeper
le marché	le(r) mar-shay	market
marcher	mar-shay	to walk
les marches (f)	lay marsh	steps
la mare	la mar	pond
le mari	le(r) ma-ree	husband
le mariage	le(r) ma-ree-aj	wedding
le marié	le(r) ma-ree-ay	bridegroom
la mariée	la ma-ree-ay	bride
le marin	le(r) mar-ra(n)	sailor
la marionnette	la ma-ree-on-et	puppet
marron	ma-ro(n)	brown
le marteau	le(r) mar-toe	hammer
le masque	le(r) mask	mask
mauvais	mo-vay	bad
le mécanicien	le(r) may-ca-nee-see-a(n)	train driver
le médicament	le(r) may-dee-ca-ma(n)	medicine
le melon	le(r) me(r)-lo(n)	melon
le menton	le(r) ma(n)-to(n)	chin
le menuisier	le(r) me(r)-nwee-zee-ay	carpenter

French	Pronunciation	English
la mer	la mare	sea
la mère	la mare	mother
le mètre	le(r) met-tr	tape measure
la meule de foin	la me(r)l de(r) fwa(n)	haystack
le miel	le(r) myel	honey
le miroir	le(r) meer-war	mirror
la mite	la meet	moth
moitié	mwa-tee-ay	half
le monocycliste	le(r) mon-oss-ee-cleest	trick cyclist
le monsieur	le(r) me(r)-syur	man
Monsieur Loyal	me(r)-syur loy-al	ring master
le monstre	le(r) mo(n)-str	monster
la montagne	la mo(n)-tan-ye(r)	mountain
les montagnes russes (f)	lay mo(n)-tan ye(r) rewce	big dipper
la montre	la mo(n)-tr	watch
montrer	mo(n)-tray	to show
mort	mor	dead
le mot	le(r) mo	word
le moteur	le(r) mo-ter	engine
la moto	la mo-toe	motor cycle
le moto-cross	le(r) mo-toe-cross	speedway racing
mou	moo	soft
la mouche	la moosh	fly
le mouchoir	le(r) moosh-war	handkerchief
la mouette	la moo-et	seagull
mouillé	mwee-ay	wet
le moulin à vent	le(r) moo-la(n) a va(n)	windmill
le mouton	le(r) moo-to(n)	sheep
le mur	le(r) mewr	wall
le nain	le(r) na(n)	**dwarf**
la nappe	la nap	table cloth
la natation	la na-tass-ee-o(n)	swimming
le navire	le(r) na-veer	ship
la neige	la nej	snow
neuf	ne(r)f	nine/new
le nez	le(r) nay	nose
le nid	le(r) nee	nest
Noël	no-el	Christmas
noir	nwar	black
la noix	la nwa	nut
le nombre	le(r) no(n)-br	number
la nourriture	la noo-ree-tewr	food
la nuage	la new-aj	cloud
l'oeil (m)	le(r)-ye(r)	**eye**
l'oeil (m) au beurre noir	le(r) yo ber nwar	black eye
l'oeuf (m)	le(r)f	egg
l'oeuf sur le plat	le(r)f sewr le(r) pla	fried egg
l'oie (f)	lwa	goose
l'oignon (m)	lo(n)-yo(n)	onion
l'oiseau (m)	lwa-zo	bird
l'oison (m)	lwa-zo(n)	gosling
l'omelette (f)	lom-e(r)-let	omelette
l'oncle (m)	lo(n)-cl	uncle
onze	o(n)z	eleven
les opérations (f)	lay-zop-ay-ra-see-o(n)	sums
l'orange (f)	lor-a(n)j	orange
orangé	or-a(n)-jay	orange
l'orchestre (m)	lor-kess-tr	orchestra
les ordures (f)	lay-zor-dewr	rubbish
l'oreille (f)	lor-ay	ear
l'oreiller (m)	lor-ay-ay	pillow
l'os (m)	loss	bone
l'ours (m)	loorce	bear
l'ours blanc (m)	loorce bla(n)	polar bear
l'ours en peluche (m)	loorce a(n) pe(r)-lewsh	teddy bear
ouvert	oo-vair	open
l'ovale	lo-val	oval
la pagaie	la pa-gay	**paddle**
le page	le(r) paj	pageboy
le paillasson	le(r) pie-yass-o(n)	mat
la paille	la pie-ye(r)	straw
le pain	le(r) pa(n)	bread
le palais	le(r) pa-lay	palace
la palissade	la pa-leece-ad	fence
les palmes (f)	lay palm	flippers
le pamplemousse	le(r) pa(n)-ple(r)-mooce	grapefruit
le panda	le(r) pa(n)-da	panda
le panier	le(r) pa-nee-ay	basket
le pansement	le(r) pa(n)ce-ma(n)	bandage
le pantalon	le(r) pa(n)-ta-lo(n)	trousers
les pantoufles (f)	lay pa(n)-too-fl	slippers
le papier	le(r) pa-pee-ay	paper
le papier de verre	le(r) pa-pee-ay de(r) vair	sandpaper
le papier peint	le(r) pa-pee-ay pa(n)	wallpaper
le papillon	le(r) pa-pee-yo(n)	butterfly
le papillon de nuit	le(r) pa-pee-yo(r) de(r) noo-ee	moth
le paquet	le(r) pa-kay	parcel
le paquet de lessive	le(r) pa-kay de(r) less-eev	washing powder
le parachute	le(r) pa-ra-shewt	parachute
le parasol	le(r) pa-ra-sol	sun shade
le pare-feu	le(r) par fe(r)	fireguard
la pâte à modeler	la pat-a mod-lay	clay
le patinage	le(r) pa-tee-naj	skating
les patins (m) à roulettes	lay pa-ta(n) a roo-let	roller skates
la patte	la pat	paw
pauvre	po-vr	poor
la pêche	la pesh	peach
le pêcheur	le(r) pesh-er	fisherman
le peigne	la payn-ye(r)	comb
peindre	pa(n)-dr	to paint
le peintre	le(r) pa(n)-tr	painter
la peinture	la pa(n) tewr	paint
le pélican	le(r) pay-lee-ca(n)	pelican
la pelle	la pell	spade
la pelle à poussière	la pell-a poo-see-air	dustpan
la pendule	la pa(n)-dewl	clock
la péniche	la pay-neesh	barge
penser	pa(n)-say	to think
la perceuse	la pair-se(r)z	drill
la perche	la pairsh	pole
le père	le(r) pair	father
Père Noël (m)	pair no-el	Father Christmas
la perle	la pairl	bead
le perroquet	le(r) pay-rock-ay	parrot
la perruche	la pay-rewsh	budgerigar
petit	pe(r)-tee	small
le petit déjeuner	le(r) pe(r)-tee day-je(r)-nay	breakfast
la petite cuillère	la pe(r)-teet kwee-yair	teaspoon
le petit pain	le(r) pe(r)-tee pa(n)	bun or roll
les petits pois (m)	lay pe(r)-tee pwa	peas
le petit singe	le(r) pe(r)-tee sa(n)j	monkey
le pétrolier	le(r) pay-troll-ee-ay	oil tanker
peu	pe(r)	few
le phare	le(r) far	lighthouse, headlight
le phoque	le(r) fock	seal
la photographie	la fot-og-ra-fee	photograph
le piano	le(r) pee-a-no	piano
le pied	le(r) pee-ay	foot
la pierre	la pee-air	stone
le pigeon	le(r) pee-jo(n)	pigeon
le pilote	le(r) pee-lot	pilot
le pilote de course	le(r) pee-lot de(r) course	racing driver
le pinceau	le(r) pa(n)-so	paintbrush
le ping-pong	le(r) ping pong	table tennis
le pingouin	le(r) pa(n)-gwa(n)	penguin
le pipeau	le(r) pee-po	recorder
le pique-nique	le(r) peek-neek	picnic
le pirate	le(r) pee-rat	pirate
la piste	la peest	runway
le pistolet	le(r) pee-stoll-ay	pistol
le placard	le(r) pla-car	cupboard
le placard personnel	le(r) pla-car pair-son-el	locker
le plafond	le(r) pla-fo(n)	ceiling
la planche	la pla(n)sh	plank
la planche à repasser	la pla(n)-sha re(r)-pa-say	ironing board
le plancher	le(r) pla(n)-shay	floor
la plante	la pla(n)t	plant
le plateau	le(r) pla-toe	tray
la platebande	la plat ba(n)d	flowerbed
le plâtre	le pla-tr	plaster

French	Pronunciation	English
plein	*pla(n)*	full
pleurer	*pler-ay*	to cry
la pluie	*la plwee*	rain
la plume	*la plewm*	feather
le pneu	*le(r) pne(r)*	tyre
la poche	*la posh*	pocket
la poêle	*la pwal*	frying pan
les poids et haltères	*lay pwa ay al-tair*	weightlifting
la poignée	*la pwan-yay*	door handle
le poireau	*le(r) pwa-ro*	leek
le poisson	*le(r) pwa-so(n)*	fish
le poisson rouge	*le(r) pwa-so(n) rooj*	goldfish
la poitrine	*la pwa-treen*	chest
le poivre	*le(r) pwa-vr*	pepper
la pomme	*la pomm*	apple
la pomme de terre	*la pomm de(r) tair*	potato
la pompe à air	*la po(n)-pa air*	air pump
la pompe à essence	*la po(n)-pa ess-a(n)ce*	petrol pump
le pompier	*le(r) po(n)-pee-ay*	fireman
le poney	*le(r) po-nay*	pony
le pont	*le(r) po(n)*	bridge
le popcorn	*le(r) pop corn*	popcorn
le porcelet	*le(r) por-slay*	piglet
la porcherie	*la por-shree*	pig sty
le port	*le(r) por*	port or harbour
la porte	*la port*	door
le porte-manteau	*le(r) port ma(n)-toe*	peg
le porte-monnaie	*le(r) port mon-ay*	purse
le porte-plume	*le(r) port plewm*	pen
porter	*por-tay*	to carry
le portier	*le(r) por-tee-ay*	porter
le poster	*le(r) poss-ter*	poster
le poteau indicateur	*le(r) pot-o a(n)-dee-ca-ter*	signpost
les pots (m)	*lay po*	jars
les pots (m) de peinture	*lay po de(r) pa(n)-tewr*	paint pots
la poubelle	*la poo-bell*	dustbin
le pouce	*le(r) pooce*	thumb
le pouding	*le(r) poo-ding*	pudding
le poulailler	*le(r) poo-lie-yay*	henhouse
la poule	*la pool*	hen
le poulet	*le(r) poo-lay*	chicken
la poupée	*la poo-pay*	doll
pousser	*poo-say*	to push
la poussette	*la poo-set*	pushchair
le poussin	*le(r) poo-sa(n)*	chick
premier	*pre(r)-mee-ay*	first
prendre	*pra(n)-dr*	to take
prendre un bain	*pra(n)-dra(n) ba(n)*	to take a bath
près	*pray*	near
le prestidigitateur	*le(r) press-tee-dee-jee-ta-ier*	conjurer
le prince	*le(r) pra(n)ce*	prince
la princesse	*la pra(n)-sess*	princess
le printemps	*le(r) pra(n)-ta(n)*	Spring
la prison	*la pree-zo(n)*	prison
propre	*prop-re(r)*	clean
la prune	*la prewn*	plum
le puits	*le(r) pwee*	well
le puits magique	*le(r) pwee ma-jeek*	wishing well
la punaise	*la pew-nays*	drawing pin
le pupitre	*le(r) pew-pee-tr*	desk
le puzzle	*le(r) pew-zl*	jigsaw
le pyjama	*le(r) pee-ja-ma*	pyjamas
le quai	*le(r) kay*	**platform**
quatorze	*ka-torz*	fourteen
quatre	*ka-tr*	four
la queue	*la ke(r)*	tail
quinze	*ka(n)z*	fifteen
le rabot	*le(r) ra-bo*	**plane (tool)**
raconter	*ra-co(n)-tay*	to tell
le radiateur	*le(r) ra-dee-a-ter*	radiator
la radio	*la ra-dee-o*	radio
le ragoût	*le(r) ra-goo*	stew
les rails	*lay rye*	railway line
le raisin	*le(r) ray-sa(n)*	grape
ramasser	*ra-ma-say*	to pick up
la rame	*la ram*	oar
ramper	*ra(n)-pay*	to crawl
rapide	*ra-peed*	fast
la raquette	*la ra-ket*	bat
le râteau	*le(r) ra-toe*	rake
regarder	*re(r)-gar-day*	to look or watch
la règle	*la ray-gl*	ruler
la reine	*la ren*	queen
la remorque	*la re(r)-mork*	trailer
le renard	*le(r) re(r)-nar*	fox
le renardeau	*le(r) re(r)-nar-doe*	fox cub
le renne	*le(r) ren*	reindeer
le requin	*le(r) re(r)-ca(n)*	shark
le réverbère	*le(r) ray-vair-bear*	street lamp
le rhinocéros	*le(r) ree-noss-ay-ros*	rhinoceros
le rideau	*le(r) ree-doe*	curtain
rire	*rear*	to laugh
la rivière	*la ree-vee-air*	river
le riz	*le(r) ree*	rice
la robe	*la rob*	dress
la robe de chambre	*la rob de(r) sha(n)-br*	dressing gown
le robinet	*le(r) rob-ee-nay*	tap
le robot	*le(r) rob-o*	robot
le rocher	*le(r) rosh-ay*	rock
le roi	*le(r) rwa*	king
le rondin	*le(r) ro(n)-da(n)*	log
rose	*rose*	pink
la rosée	*la ro-zay*	dew
la roue	*la roo*	wheel
rouge	*rooj*	red
le rouleau compresseur	*le(r) roo-lo co(n)-press-er*	steamroller
la route	*la root*	road
le ruban	*le(r) rew-ba(n)*	ribbon
la ruche	*la rewsh*	beehive
la rue	*la rew*	street
le sable	*le sa-bl*	**sand**
le sac	*le(r) sack*	bag
le sac à main	*le(r) sa-ca ma(n)*	handbag
sage	*saj*	good (child)
la saison	*la say-zo(n)*	season
la salade	*la sa-lad*	salad
sale	*sal*	dirty
la sandale	*la sa(n)-dal*	sandal
le sandwich	*le(r) sa(n)d weetsh*	sandwich
la sauce tomate	*la soss tom-at*	tomato sauce
la saucisse	*la soss-eece*	sausage
le saut	*le(r) so*	jumping
le saut d'obstacles	*le(r) so-dob-sta-cl*	horse jumping
sauter	*so-tay*	to jump
sauter à la corde	*so-tay a la cord*	to skip
savoir	*sa-vwar*	to know
le savon	*le(r) sa-vo(n)*	soap
le scaphandrier	*le(r) ska-fa(n)-dree-ay*	deep sea diver
la scie	*la see*	saw
la sciure	*la see-ewr*	sawdust
le seau	*le(r) so*	bucket
sec	*seck*	dry
seize	*sez*	sixteen
le sel	*le(r) sell*	salt
la selle	*la sell*	saddle
sept	*set*	seven
la seringue	*la se(r)-ra(n)g*	syringe
le serpent	*le(r) sair-pa(n)*	snake
la serpillière	*la sair-pee-air*	mop
la serre	*la sair*	greenhouse
la serrure	*la say-rewr*	lock
la serviette	*la sair-vee-et*	towel
la serviette de table	*la sair-vee-et de(r) ta-bl*	table napkin
le shérif	*le(r) shay-reef*	sheriff
le short	*le(r) short*	shorts
le sifflet	*le(r) see-flay*	whistle
le singe	*le(r) sa(n)j*	monkey
six	*seece*	six
le ski	*le(r) skee*	skiing